JN186669

11歳のバースデー

井上林子・作
イシヤマアズサ・絵

ぼくらのスマイル・リップ

12月25日 冬馬晶

くもん出版

11歳のバースデー

ぼくらのスマイル・リップ

12月25日 冬馬晶

春山（はるやま） ましろ
（5月8日生まれ）

夏木（なつき） アンナ
（8月10日生まれ）

冬馬（とうま） 晶（あきら）
（12月25日生まれ）

伊地知（いちじ） 一秋（かずあき）
（10月7日生まれ）

四季（しき） 和也（かずや）
（3月31日生まれ）

もくじ

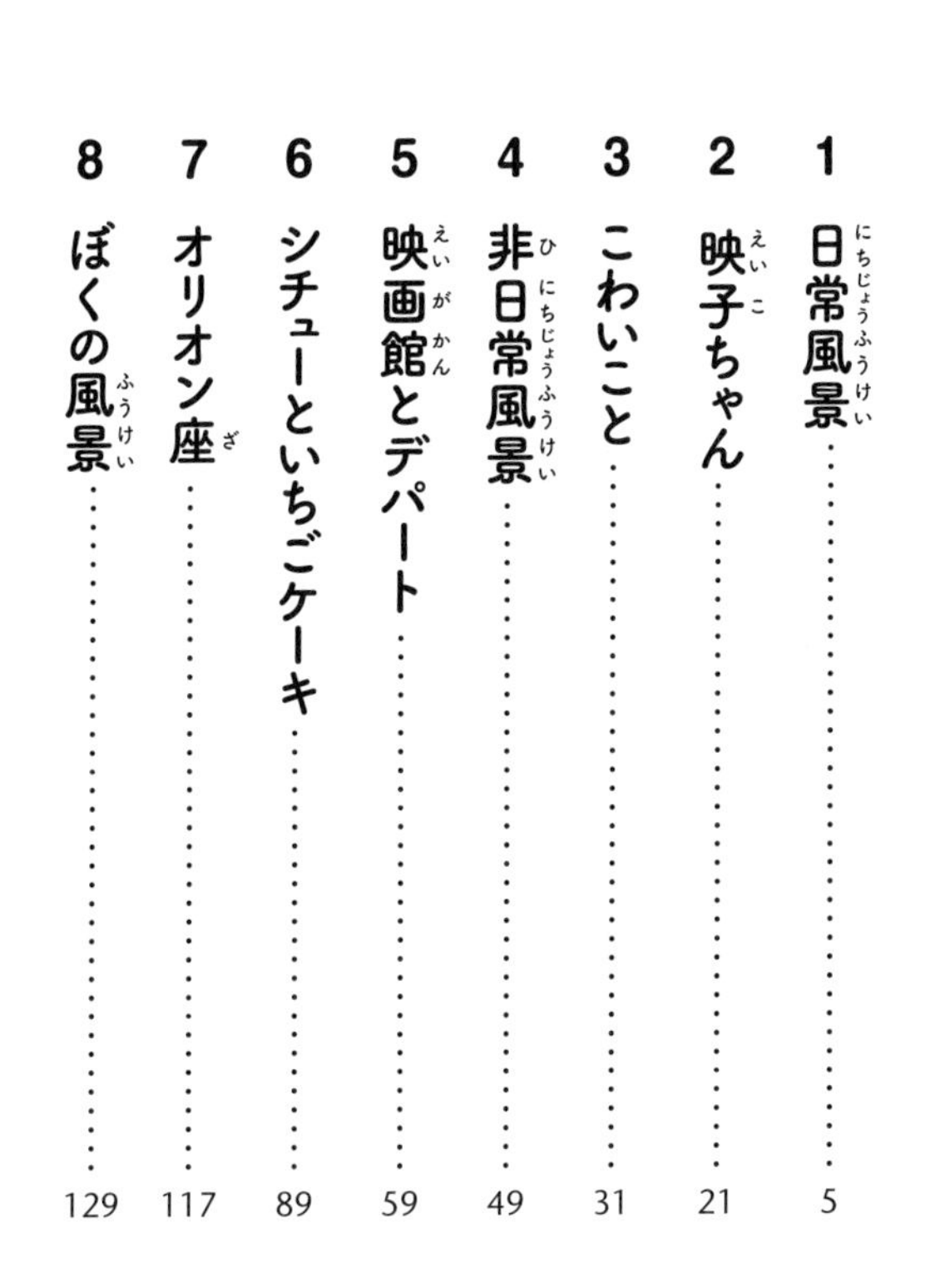

スマイル　リップ　リップルル
スマイル　スマイル　リップルル
まっすぐ　ハート　かがやかせ
「きょう」は　いちど　しかないよ
きょうも　ハッピー　リップルデイ
リップ　リップ　リップップ　Oh！

（『スマイル・リップ』主題歌より）

1　日常風景

ふと顔をあげると、図工室のひろいまどのむこうに、ちらちらと雪が舞っていた。

「雪だ」

何人かが、まどにかけよって、五年三組の図工の時間が少しさわがしくなる。

図工の小川先生は注意するでもなく、にこやかにまどべへ近づいて、空を見あげた。

「ほんとう、きれいね」

ぼくの住む町で雪がふることは、めずらしい。

「雪合戦したいな！」

「雪だるま、つくれるかな」

クラスのみんなが口々に話しだす。ぼくは、絵の具の筆をもったまま、まどの外を舞う雪を見つめた。花びらみたいに、きれいな雪だった。

しばらく、じっと見ていた。

空を流れる雲や、だんだん色がかわっていく夕方の空。

風にふかれて、まどガラスの上をおどるように動く雨。

水たまりにはねる雨のしずく、ひろがる水の波紋。

そういうものを、ゆっくりながめるのが、ぼくはすきだ。

「作品ができた人は提出してください。再来週までにはしあげましょう」

そうだ、ぼくはいま、絵をかいているところだったんだ。

小川先生の声に、ぼくは目の前の画用紙に目をもどした。大量にぬった茶色の絵の具が、うらに書いたぼくの名前「冬馬晶」までしみていた。

自分自身の「日常風景の一部分」を切りとって絵をかきなさい、という図工の課題が出されて、ぼくは、家の風景をかくことにした。

まわりを見ると、クラスのみんなもいろいろな風景をかいていた。校庭でサッカーをしている風景、教室で友だちとおしゃべりしている風景、公園であそんでいる風景、ピアノをひいている風景、登校中の風景もあった。

「あ、晶くんも、おうちの絵ですか？」

通路をはさんだとなりの席の四季和也くんが、ぼくの絵をのぞきこんできた。

和也くんは、一学期同じ班だった男の子。いろいろ苦手なことが多いけれど、とてもやさしい子。学校以外に「たんぽぽスクール」っていう教室で、読み書きの練習や、運動訓練をしているんだって。

ぼくは「うん」とうなずいて、和也くんに絵を見せた。

「わあ、じょうずですね。あ、えっと、えっと、ぼくも家の絵ですよ」

和也くんは、絵の具でべたべたの手で絵をもちあげた。

和也(かずや)くんの絵は、こたつをかこんでいる家族(かぞく)の絵だった。正直じょうずな絵とはいえなかったけれど、おとうさんと、おかあさんと、和也くんがすわっているのがわかる。こたつの横(よこ)の四角いのはテレビかな。ということは、このなかの水色の絵は、和也くんがすきなアニメ「ポケット・ロボスター」かな。

ぼくは、春の遠足の日に、和也くんが着(き)ていた「ポケット・ロボスター」のT(ティー)シャツのことを思いだした。おとうさんと、おかあさんと、いっしょにつくった手づくりのTシャツだっていっていた。こたつの上にかかれた、このたくさんの黄色いまるは、みかんかな。とてもあたたかそうな絵だった。

いい絵だな。

ぼくの絵も、和也くんと同じ家の絵だ。だけど、テーブルクロスのかかった茶色いちゃぶ台に、ふたつの湯(ゆ)のみと、茶色いせんべい。ぺちゃんこのざぶとんにすわった、おうど色のチョッキを着たおじいちゃんと、紺色(こんいろ)のセーターを着たぼく。なんか、茶色っぽくて暗(くら)い絵だな……。

だけど、自分自身の「日常風景の一部分」っていうのをかいたら、こんなふうになってしまった。学校の授業中とか、休み時間とか、もっとべつの風景にすればよかったなと、ちょっと後悔していた。

「えっと、晶くんと、おとうさんですか？」

和也くんが、黄色い絵の具がついたひとさし指で、ぼくの絵を指さした。

ぼくは首をふった。

「おじいちゃんと、ぼくだよ」

和也くんがにっこり笑う。

「あ、おじいちゃんですか。ぼくもいます。えっと、えっと、いっしょに住んでないですけど」

和也くんが首をかしげる。

「あれ？　えっと、えっと、おとうさんと、おかあさんは、かかないんですか？」

「……うん」

「あ、そうか、わかりました。お仕事と、買い物に行ってるんですね？」

「うん、まあ」

ぼくは、ことばをにごしてうなずいた。

和也くんは、ただむじゃきに、にこにこ笑っていた。

ほんとうは「おとうさんも、おかあさんも、いないんだ」とはいえなかった。

家族のことが話題にあがると、ぼくはいつもことばが出なくなる。もともとしゃべるのも苦手だし。

絵ができあがった人たちが、ガタガタといすをひいて立ちあがり、小川先生のところに絵をもっていく。小川先生は、にこやかにひとりひとりに感想をいって、まどべの台の上に絵をならべていった。ななめ前の席で、何人かの女子たちが、わいわいしゃべっている声がきこえてきた。

「香里っちの絵は、給食を食べてるところなんだね」

「うん、みんなでおしゃべりしながら食べてるの。ミーヤの絵はバドミントンしてるところか。バドミントンクラブだもんね。で、ましろの絵は？」

「あたしは、家でまんがを読んでるところだよ。ほら、見てみてー。ちゃんと『スマイル・リップ』の表紙の絵もかいたよ！」

「うわー、ちょっとそれ、日常的すぎるって」

「でも、ましろらしいね」

女子たちが、春山さんの絵を見ておもしろそうに笑っていた。思わずぼくは、春山さんの絵をのぞいてしまった。

なんていうか、とてもカラフルで楽しそうな絵だった。

「えへへ、これぞ、あたしの日常だよ！　あたし、毎日まんが読んでるからね。土曜日も、日曜日も、雨の日も、風の日も！」

春山さんが、どうどうといいはなつ。

「なにいばってんのよ、ましろ」

「この絵、ろうかにはりだすんだよ」

「勉強してる絵とか、せめて本を読んでる絵にしなよ」

「なにいってるの？　そんなのあたしの日常じゃないよ。土曜日も、日曜日も、雨の日も、風の日も、毎日勉強してる人なら、そういう絵でもいいだろうけど」

「わたし、そういう絵だけど」

キリリとした声がひびく。

「わっ、アンナ！　いきなり出てこないでよ、びっくりするでしょ」

春山さんのうしろから、夏木さんがあらわれた。

「わあ、夏木さんの絵、こまかーい！」

「うわ、この絵のなかの教科書、算数の問題と答えまで書かれてる。すごーい、ていうか、むずかしそうな問題」

「それ、塾のテキストだから」

夏木さんの絵は、つくえにむかって勉強をしている夏木さん自身の絵だった。

「塾のテキストって……」

春山さんが、夏木さんの絵を見て顔をしかめる。だけど、すぐにころころと楽しそうに笑いだした。

和也くんといっしょで、春山ましろさんと夏木アンナさんも、一学期同じ班だった子たちだ。一学期の夏木さんはクールで、ちょっとこわいかんじだった。だけど、夏休みのとちゅうから春山さんときゅうに仲がよくなって、それから、ちょっとやさしくなった気がする。

そして春山さんは、しゃべるのが苦手なぼくが、ゆいいつちょっと話せる女の子。和也くんと春山さんにさそわれて、ぼくは夏休み中、学校の水泳教室に通った。そして、とちゅうから夏木さんもいっしょに行くことになった。あまりしゃべったりはしなかったけど、だれかといっしょに、なにかをするのは、楽しかった。

ぼくは、自分の茶色ばかりの暗い絵をながめて、ふうっと息をはいた。

チャイムが鳴る。

図工の時間がおわって、みんなが五年三組の教室にもどっていく。

ぼくは、半がわきの絵をスケッチブックにはさみこんだ。

半分以上色ぬりをしているから、いまさらかきなおすことはできないけれど、なにかが足りないような、まだ、かいていないなにかがあるような気がして、ぼくは、なかなかこの絵をしあげることができなかった。

ろうかを歩いていくと、まどから雪を見ている子たちがたくさんいた。校庭までおりて走りまわっている子たちもいる。あけはなたれたまどから、冷たい空気がふきこんでくる。

雨のにおいとはちがう、しんとした雪のにおい。

あまりかぐことはないけれど、かいだらわかる、静かな冬のにおい。

放課後。

下校時間になっても、雪はまだ、ちらちらとふりつづいていた。

まどから見える校庭が、うっすらとだけど、白い雪景色になっている。白いっていうだけで、いつもとちがうとくべつな風景に見えた。

「雪だるま、つくろう」

「それより、雪合戦やろうぜ」

「かまくらづくりもいいかも」

「かまくらはムリだろ、それより雪サッカーしようぜ！」

クラスの男子たちが校庭にとびだしていく。ぼくもダッフルコートをはおり、ランドセルをせおって教室を出ようとした。

そのとき、だれかがぼくをよびとめた。

「冬馬、おまえもサッカーしねえか？」

ふりむくと、伊地知一秋くんがいた。

ぼくは、おどろきつつ首をふった。

「……ごめん、今日は、はやく帰らないといけないから」

伊地知くんは、「そうか」とうなずくと、こんなことをいった。

「おまえ、足はえーんだから、サッカーやればいいのに」

秋の運動会のころから、なぜかわからないけど、伊地知くんがかわった。

伊地知くんも、一学期同じ班だった子だけど、学校一のきらわれものといわれるぐらい、いろいろひどかったんだ、むかしは。でも、いまはもう、授業妨害もしないし、乱暴なことも、だれかをいじめることもしなくなった。反対に、かげのうすいぼくに、こんなふうに話しかけてきたりするようになった。

いったい、伊地知くんになにがあったんだろう。

秋の運動会のとき、ぼくは「クラス対抗全員リレー」で、五年三組Bチームのアンカーになった。そのとき、Aチームのアンカーを走ったのが伊地知くんだった。伊地知くんは、文句なくクラスでいちばん足がはやかった。だけど、

Aチームには運動が苦手な和也くんがいて、練習のときもほとんどビリばかりで、Aチームが上位にはいるのは、奇跡に近いことだった。

そして、運動会の日、ぼくは二位でゴールした。Aチームのアンカー伊地知くんは、なんと三位だった。二位と三位の差は、ほとんどなかったらしい。バトンを落としたチームがあったことと、足がはやい子が休んだチームがあったことで、伊地知くんたちAチームの三位を「ラッキーの三位」なんていう人もいた。だけど、伊地知くんは、だれがなんといおうと、だれよりもはやかった。あの日、ぼくたち五年三組がいれた得点は、どのクラスよりも高かった。

あのころから、伊地知くんがかわった。

ぼくは、校庭の雪のなかでサッカーをする伊地知くんたちを横目に、校門をくぐった。通学路のわき道に、まだふまれていないきれいな雪がうっすらつもっていて、ぼくは、さくりと足あとをつけた。

2　映子ちゃん

　家に帰ると、映子ちゃんが、こたつに足をつっこんで、バリバリとせんべいを食べていた。

「ただいま」

「お、晶、帰ってきたね」

　長いうねうねの黒い髪をはらって、映子ちゃんは、バリンとせんべいをかみきった。

「おとうさん、用意できてる？」

「おお」

ろうかから声がして、おうど色の毛糸のチョッキとぼうしをかぶったおじいちゃんが、居間にはいってきた。チョッキもぼうしも、おじいちゃんのお気にいりで、三年前に亡くなったおばあちゃんが編んでくれたものだ。

こたつから出た映子ちゃんは、黒いズボンに黒いセーターすがたで、ビシリといった。

「はやくランドセルおいてきな、行くよ」

「うん」

今日は水曜日。映子ちゃんの仕事が休みで、ぼくとおじいちゃんと映子ちゃんがスーパーに行く日だ。週に一度、スーパーの品物が安くなるから、ぼくたちは、水曜日にまとめていろいろな買い物をする。

「ほら、のって」

玄関を出ると、映子ちゃんは、ぼくとおじいちゃんを車におしこんだ。

「歩いていきたいな」

せっかく雪がふってるんだもん。

「なにいってんのよ、おじいちゃんが雪道ですべってころんだりしたら、あぶないじゃない。荷物だって重いのに」

いつもながら、えんりょのない言いかただけど、最近、おじいちゃんの足が前よりも弱くなって、歩くのがおそくなっているのは、ぼくも知っている。

「ほら、はやくシートベルトしめな」

ぼくは、車のシートに深々とすわった。エンジンがうなり、車が動きだす。ミラーごしに、映子ちゃんの目が見えた。

にらんでるわけではないんだけど、目力っていうのかな。映子ちゃんの目は、強すぎて、たまにそらせなくなることがある。

この強い目をした、映子ちゃんという人は、おじいちゃんがさいしょに結婚した奥さんがつれていた子どもらしい。そして、さいしょの奥さんが病気で亡くなったあと、おじいちゃんが再婚した奥さんがつれていた子どもが、ぼくのおかあさんらしい。そして、三年前におばあちゃんが亡くなって、いま、ぼくの家族は、おじいちゃんと、映子ちゃんのふたりだけになっている。

　このややこしい家族関係について、映子ちゃんは、ぼくが小さいときから、あたりまえのことのように話した。

「わたしたちみたいな家族って、あまりないかもしれないけど、べつにへんなことじゃないのよ。そもそも夫婦なんて、血がつながっていないものどうしがいっしょになっているんだし、この世のなか、いろんな家族があっていいんだから」

　だから、ぼくも「そうなんだ」と思っていた。

　だけど、おばあちゃんが亡くなってから、ぼくと、おじいちゃんと、映子ちゃんという、血のつながらないものどうしが家族でいるというのは、あたりまえのことじゃないと、いまは知っている。

　ちなみに映子ちゃんは、ぼくのおかあさんの十二歳年上のおねえさんなので、ほんとうは「映子おばさん」とよぶのが正しいんだけど、「映子ちゃんとよびな」と、これまた小さいころからいわれつづけて、今年で四十五歳になる、この自由人のおばさん（バツイチ、子どもなし、結婚生活は一年だけつづいた）を、ぼくはずっと「映子ちゃん」とよんでいる。

そんな映子ちゃんは、休みになると、おじいちゃんの家に、嵐のようにやってくる。そして、ぼくたちといっしょに買い物をして、夕ごはんを食べて、夜になると、会社の近くにある自分のマンションに、また嵐のように帰っていく。たまに泊まっていく日もあるけれど、仕事人間映子ちゃんの毎日は、とてもいそがしかった。それに、趣味の「映画鑑賞」にも、よく走りまわっていて、新作映画や、映画祭がはじまるたびに、いろいろな映画館をとびまわっていた。

さらに映子ちゃんは、ぼくの学校行事にも熱心にかけつけてくれる。仕事と映画のあいまをぬって、黒いスーツをビシリときめて、この前も授業参観に来てくれた。遠足の日や、運動会の日も、おじいちゃんといっしょにぼくのお弁当をつくってくれた。

ぼくになにかあれば、映子ちゃんはかけつけてくれる。

まるで、おかあさんのように。

おかあさんじゃないけれど。


車のまどに、あとからあとから雪がふってくる。

フロントガラスの上を、ワイパーが左右に動きつづける。

映子ちゃんが音楽をかけた。何度もきいている映画音楽が、車のなかに流れだす。映子ちゃんのお気にいりのミュージカル映画『サウンド・オブ・ミュージック』の音楽だった。

映子ちゃんはハンドルをにぎりながらハミングしだした。その横で、おじいちゃんがふわりとあくびをする。

映画ずきな映子ちゃんは、

「晶、映画って、いろいろな人生を知ることができるんだよ」

といって、ぼくにいろいろな映画を見せてくれる。たまに強制的なときもあるけれど、映画音楽も映子ちゃんの影響で小さいころからよくきいていた。

『サウンド・オブ・ミュージック』も、「これは見ときな」といわれて見せられた映画だけど、けっこういい映画で感動した。

車がいくつもの信号をこえていく。

雪が舞う町の景色。点滅する赤信号。

車のエンジンの振動。あたたかい暖房。

心地よい音楽。そのなかにいるおじいちゃんと、映子ちゃんと、ぼく。

ふと、図工の課題の絵のことを思いだした。

いまの、こういう時間も「日常風景の一部分」っていうのかな……。

車のまどのむこうに、スーパーマーケットの明るい光が見えてきた。

そのとき。ふいに、いまの、この時間がとまって、いつまでもおわらなければばいいのにと、思ってしまった。

音楽にききいる映子ちゃん、あくびをするおじいちゃん、そしてぼく。

あたたかい、かまくらのような車のなか。

ただの買い物のとちゅうの、ほんの一瞬の時間なのに、どうしてそんなふうに思ったんだろう――。


買い物がおわって家に帰ると、玄関に荷物をおろしているさいちゅうに、映子ちゃんの携帯電話が鳴った。着信メロディーは「ドレミの歌」。軽快な音楽とはうらはらに、どうやら、きゅうな仕事のよびだしみたいだった。

「映子ちゃん、たいへんだね」

「ほんと、休みの日なのに。悪いね、また来るよ」

ぼくとおじいちゃんは、足早に玄関を出ていく映子ちゃんの、黒いうしろすがたを見おくった。玄関のむこうでは、まだ雪がしんしんとふっていた。

3　こわいこと

ぼくは、ときどき、きゅうにこわくなることがある。

もし、地球に隕石が落ちてきたらどうしよう。

もし、大きな地震がおきたらどうしよう。

もし、家が火事になったらどうしよう。

もし、おじいちゃんが死んだらどうしよう。

もし、映子ちゃんが死んだらどうしよう。

だれにもいえないけど、ぼくは、ときどき、いろいろなことを考えてこわくなる。とくに、おじいちゃんが死んだら、どうしよう。

三年前。

ぼくが小学二年生だったとき、おばあちゃんが死んだ。

お葬式の日。

たくさんの黒い服を着た人が行きかうなか、ぼくは、少し前に、家の近くの公園で死んでいたすずめのことを思いだしていた。あのとき、公園の土の上で死んでいたすずめは、何日かしたら、いなくなっていた。

ぼくは、映子ちゃんにきいた。

「ねえ、映子ちゃん、おばあちゃんは、いつ天国に行くの？」

映子ちゃんは、たくさんの花にかこまれたおばあちゃんを見ていった。

「もう少ししたら、行くよ」

「もう少しって、どれくらい？」

「七日後。いまはまだ、魂のまま、わたしたちの近くにいるんだよ」

「タマシイ？」

「心のことだよ。見えないけど、おばあちゃんの魂は、まだここにいて、七日たったら天国に行くんだよ。わたしのおかあさんと同じところにね」

心は、七日たったら、天国に行く……。

「それじゃあ、体は？　体は天国に行かないの？」

映子ちゃんの目のなかに、まるくなったぼくがうつる。

「この前、公園ですずめが死んでたんだけど、何日かしたら、いなくなってたんだ。すずめは天国に行ったんだよね」

映子ちゃんは、そっと首をふった。

「晶、生き物の体っていうのはね、天国じゃなくて、土に還るもんなんだよ。死んだら、土のなかにいる微生物や虫に食べられて、土にもどるの。そして、そこから新しい草や木が生えて、その草や木がほかの動物たちのための食べ物になっていくの。人も、いまは火葬をするようになったけど、大むかしからずっと、そうやって生死をくりかえしてきたの。大切なものをのこしながらね……」

映子ちゃんの話は、むずかしかった。

だけど、ぼくはいっしょうけんめいきいた。

「晶が公園で見た、そのすずめの体も、土に還って、微生物や虫や、草や木の栄養になったんだよ。ただむだに、かわいそうなまま死んだわけじゃないの。心だって、ちゃんと天国に行ってる。だから、安心しな」

そのことばをきいたとたん、ぼくの頭のなかでもやもやしていた霧がうすくなって、頭の上に、ゆっくりと青空がひろがっていくのをかんじた。

すずめの体は、死んだけど、みんなの栄養になった。

心も、ちゃんと、天国に行ったんだ……。

「おばあちゃんも、わたしたちに、たくさんのいいものをのこしてくれたでしょ。たくさんの思い出をのこしてくれたでしょ。だから……、だから、じゅうぶんいいんだよ」

そして、映子ちゃんは、少しふるえる声でいった。

「ねえ晶、死ぬってこわいことかもしれないけどさ、生き物って、みんないつか死ぬんだよ。おじいちゃんも、わたしも、晶も、いつかは死ぬの。いつかはわかんないけど、みんないつかは死ぬの」

ぼくは、映子ちゃんの目を見つめた。

そのまなざしは、目をそらせないほど強く、まっすぐだった。

生き物は、みんないつか死ぬ……。

「だからさ、晶、生きているあいだは、せいいっぱい生きよう。イヤなことがあっても、幸せに生きよう。死んじゃったら、なにもできなくなるんだもん」

ぼくは、うるんだ映子ちゃんの目を見て、うなずいた。

「うん」

それから、映子ちゃんは、ひんぱんにぼくとおじいちゃんの家に来るようになった。いそがしい仕事のあいまをぬって、映画館や博物館、美術館や動物園、遊園地、牧場、海……、あらゆる場所にぼくをつれていってくれた。

なかでも、いちばんつれていってくれたのが「映画館」だった。

「晶、わたしといっしょに映画を見ない？　晶も、そろそろ映画が見られる年ごろだし、子ども料金ではいれるうちに、たくさん見ておきなよ」

おじいちゃんは、公園とか近所のスーパーぐらいにはつれていってくれるけど、映画館があるような繁華街に行くのは苦手だった。

映子ちゃんと映画館に行くようになって、ぼくは電車やバスののりかた、ショッピングモールやデパートっていう場所を知っていった。ほかにも、スーパーで新鮮な食料品を見わけるやりかたや、お得にポイントをためる電化製品の買いかたとかも、強引に教えられた。

映子ちゃんが見る映画はさまざまだった。子どもむけの映画もあれば、字幕がついたおとなむけの映画、むかしの映画やドキュメンタリー映画もあった。

映画館の暗闇のなかで、となりの席にすわる映子ちゃんは、ふだんとちがって、子どものように目をキラキラさせていた。たまにつまらない映画にあたるとねむっていることもあるけれど、子どもむけのアニメ映画を見て、大泣きすることもあった。

「おとなの映子ちゃんが、子どもの映画で、そんなに泣くなんて……」

っていったら、映子ちゃんは、ふんぞりかえってまくしたてた。

「なにいってるの？　すばらしい映画に、おとなも子どもも関係ないのよ。それに、泣くのはぜんぜんはずかしいことじゃないんだからね。一種の感情表現なんだから。笑ったり、怒ったりするのと同じ。だいたい、人間はみんな泣きながら生まれてくるのよ。晶、あんただって、オギャー、オギャーって、そりゃもう、すさまじい泣き声だったんだから。泣きたいときは、人間すなおに泣けばいいの。ストレス解消にもなるしね」

そして、映子ちゃんは、ふとまじめな顔でぼくを見つめた。

「あんたはさ、泣かなさすぎなんだよ。泣けない人間になっちゃダメだよ」

ぼくは、なんと返事をしたらいいかわからなかった。

そして、映子ちゃんは、ぼくにはむずかしい恋愛映画もよく見た。

映画館の座席は、とうぜんおとなの人ばかりで、小学生のぼくは、よくじろじろと見られた。ぼくだって、ここにいてもいいのかなって思うときが、けっこうあった。だけど映子ちゃんは、気にすることなく、ぼくを映画館にひっぱっていった。

そして、ぼくにこんなことをいった。

「晶、世のなかに、こんなにも恋愛映画が多いのはさ、恋愛っていうものが、人間にとって、とてもステキなことだからなんだろうね。めんどうくさいことも多いけどさ、でもまあ、やらないよりやるほうがいいのは、たしかだわね。だから晶、あんたもどんどん恋愛しなよ」

なんてことをいうんだろう。しかも、どんどんって……。

十歳になりたてだったぼくは、かなり返事にこまった。

そりゃ、映画のなかの外国の子どもたちは、子どもなのに平気でキスしたり、はずかしい愛のセリフをいったりしているけど、ぼくにはむずかしすぎる……。

また、あるとき。

字幕つきの外国映画を見ていたら、知らないことばがたくさん出てくるので、何度か質問したら、映子ちゃんにぴしゃりといわれてしまった。

「あとでぜんぶ説明するから、映画中はだまってな！」

ものすごくこわかった……。

でも、映画を見おわったあと、映子ちゃんは約束どおりぜんぶ説明してくれた。

そして、その数日後、「晶、これあげる」と、ドンと本をくれた。

「映画もいいけど、晶、本も読みな。本を読めば、いろいろなことばや世界を知ることができるよ。それに、本は、子どものうちに読むほうが、おとなになってから読むより感動がどでかいからね。漢字もたくさんおぼえたら、映画字幕を読むのにもこまらないしさ」

映子ちゃんがくれたのは、「国語辞典」と「漢字字典」と「ことわざ辞典」と、歴史や科学のまんが、それに「世界文学全集」だった。いきなりドンとわたされたときはびっくりしたけど、ぼくはありがたく、ちょっとずつ読んでいった。

映子ちゃんが、ぼくの勉強について口出ししたのは、そのときだけで、それ以上はなにもいってこなかった。

「映画と本があれば、たいていのことはわかる。あとは、外で思いっきり友だちとあそびな！」というのが映子ちゃんの考えだった。

ちなみにおじいちゃんは、ぼくの勉強については、「宿題はしたか？」ぐらいしかいわない。

たしかに、いろいろな映画を見たり、本を読んだりしていると、世のなか、いろいろな人がいるし、どんなことでもおこると思えてしまう。

あした、隕石が落ちて、一秒後に宇宙人がやってくることだってあるかもしれない。恐竜の世界や、未来の世界に、とつぜんワープすることだってあるかもしれない。うさぎを追いかけて不思議な国に行ったり、両親が死んで、秘密の花園がある、なぞだらけの館に住んだりすることだってあるかもしれない。

世界には、ぼくよりもたいへんな状況でくらす子や、生きるか死ぬかのせとぎわにいる子どももたくさんいる。世のなかは、とつぜん、こわいことや不幸なことがおきる。そんなとき、映画や本のなかの主人公たちは、それでもなんとか前に進んでいこうとする。映画や本のなかの主人公たちの考えかたや行動は、ぼくの心を静かに熱くした。

映子ちゃんは、そんな世界を、ぼくに見せてくれた。

だけど、映子ちゃんは、勉強以外のことは、かなり口うるさかった。

「晶、あいさつは、ちゃんとしな。『おはよう』で一日は楽しくはじまるんだから。それから『いただきます』と『ごちそうさま』と『ありがとう』の感謝のことばは、心からいうんだよ。感謝の気持ちをなくしたら、人間おわりだよ。それに、すごくかっこ悪いよ」

「晶、ごはんはのこさず、きれいに食べな。きたない食べかたをするやつは、かっこ悪いし、まず女子にモテないよ、ていうか、ぜったいきらわれるから」

「晶、年長者には敬語で話しなさい。まわりの子が先生にタメ口をきいていても、敬語で話すんだよ。いい？　人にていねいに接するってことは、人をだいじにするってことで、最終的には、自分をだいじにすることにつながるんだからね。それに、敬語がちゃんと話せる子はかっこいいよ」

「晶、電車やバスでは、しんどいとき以外すわらないこと。席にすわるのは、体の不自由なかた、お年よりのかた、妊婦さん、赤ちゃんや小さい子をだっこしてるおかあさん、女性。いつだってレディーファーストよ。いい？」

「晶、ケンカはいいけど、いじめはぜったいやっちゃだめだよ。人をいじめる人間てのは、自分に自信がなくて、嫉妬心をおさえられない弱い人間だからね。ほんとうに強い人間は、どんなにつらくても人にやさしくできるんだよ。でもね、どんなにイヤなやつでも、どこかにいいところはあるかもしれないから、心をとざさず、理解しようとするんだよ。なにごとも、きめつけちゃダメ。晶、やさしくてかっこいい男になりな！」

　どれもこれも、小さいときからいわれつづけてきたことだ。

だけど、ぼくもひとつ、映子ちゃんにいわせてほしいことがある。

「映子ちゃん、もう少し、ていねいなことばづかいでしゃべったら?」と……。

映子ちゃんは、たまにテレビのニュースにむかってとてつもない悪態をついているときがある。そのときのことばのきたなさといったら、おじいちゃんも、あきれかえって耳をふさぐぐらいだ。

いいたいけど、いえない。


夕ごはんを食べたあと。

ちゃぶ台で本をひろげるぼくのむかいで、おじいちゃんが、木の人形の色ぬりをはじめた。おじいちゃんは、つとめていたおもちゃ会社を退職したあと、スーパーの片すみにある「おもちゃ工房」で、おもちゃのドクターをしている。こわれたおもちゃや、人形の修理をする仕事だ。

いまも、ひびのはいったクリスマスツリーのオーナメントをなおして、色を

ぬりなおしている。おじいちゃんは、おもちゃをなおすのがほんとうに大すきで、家にまで仕事をもって帰ってやっている。

おじいちゃんのまわりで、小さなサンタクロースや、雪だるま、くつした、そり、ろうそく、りんごのかざりがピカピカ光っている。

いつもいそがしくジェット機みたいに動きまわっている映子ちゃんとちがって、おじいちゃんはとてもゆっくりだった。のんびりうかぶ気球のように、ゆるやかな毎日をおくっている。そのスピードは、映子ちゃんからいわせると「時間がとまってる！」くらいおそいみたいだけど、ぼくもおじいちゃんも、のんびりがすきだった。ゆっくりなおじいちゃんがそばにいるだけで、ぼくは安心した。

朝おきて、おじいちゃんと朝ごはんを食べて、学校に行って、いろいろなことをして、帰ってきて、せんべいを食べて、しゃべって、夕ごはんを食べて、本を読んだり、テレビを見たりして、夜になったらあたたかくしてねむる。

ゆったりしていて、すごく幸せだなって思う。

でも、ふとした瞬間に思いだしてしまう。

映子ちゃんが、おばあちゃんのお葬式の日にいってたことを。

――ねえ晶、死ぬってこわいことかもしれないけどさ、生き物って、みんないつか死ぬんだよ。おじいちゃんも、わたしも、晶も、いつかは死ぬの。いつかはわかんないけど、みんないつかは死ぬの――

いつか、おじいちゃんは死ぬ。映子ちゃんも。

たぶん、ぼくよりさきに……。

ぼくは本をとじて、ずりずりとこたつのなかにもぐりこんだ。オレンジ色のこたつの明かりと、おじいちゃんの、ぬげそうなくつしたが見える。

ふいに、なみだが出て、ぼくはこたつぶとんで目をおさえた。

ちゃぶ台の上で、おじいちゃんがオーナメントを動かす音がする。湯のみをおく音がする。雪はもうやんだのかな、なんて関係ないことを考える。

ぼくは、泣いているのを気づかれないように、こたつぶとんのすきまから手をのばして、テレビのリモコンをおした。

テレビがついて、きらびやかなアニメが目にとびこんできた。

魔法使いの女の子と、かわいいコウモリが、楽しげな音楽のなかでおどっていた。それは、暗くて茶色っぽいぼくの家のなかで、あまりにもカラフルで、まぶしい映像だった。

あれ?

ぼくは、テレビのなかの魔法使いの女の子を見つめた。

この絵、どこかで見た気がする。どこで見たんだっけ……?

ぼくはこたつぶとんにくるまりながら、なにかを思いだそうとした。

だけど、そのなにかは、思いだせなかった。

4　非日常風景

朝、目がさめた瞬間、もしかしたら雪がつもっているかもしれないと思った。だけど、まどをあけると、きのうの雪は、もうほとんどとけかけていた。

「なんだ……」

ぼくが住む丘町では、あまり雪がふらない。雪野原とか、一面の銀世界とか、そんな物語に出てくるような日常風景の反対、「非日常風景」っていうのかな、そういうものは、なかなか見られない。

学校につくと、道も校庭もとけた雪でぐちゃぐちゃだった。くつばこの横につくられていた雪だるまも、半分以上とけていた。

教室にはいると、うしろのほうでさわいでいる子たちがいた。校庭であそべないからと、教室のなかでサッカーをしているみたいだった。

「高上くんたち、やめなよ」

「だれかにボールがぶつかったら、どうするのよ」

春山さんと夏木さんが、サッカーをしている子たちに注意していた。すると、だれかが強くけったボールが、和也くんにむかっていきおいよくとんだ。

あぶない！　と思った瞬間、だれかがバシッと、サッカーボールをキャッチした。和也くんの顔にぶつかる寸前だった。

「あぶねえだろ」

サッカーボールをキャッチしたのは、なんと、伊地知くんだった。

五年三組の全員がおどろいた顔で伊地知くんを見た。春山さんと夏木さんも、信じられないって顔をしている。和也くんが、目をまるくしたままいった。

「あ、あ、あの……、一秋くん、ありがとうございます」

「おまえも、ぼけっとすんな」

伊地知くんはめんどくさそうにいって、サッカーボールをロッカーのボール置き場においた。どうじにチャイムが鳴って、太田剛先生の声がした。

「おはよう、朝の会をはじめるぞ」

今日はやけに来るのがはやいなと思っていたら、みんながざわざわと自分の席へもどっていくなか、太田先生がするどい声でいった。

「さっき、教室でサッカーをやっていたものたち、もしまたやったら、サッカーボールとりあげだぞ。今後いっさい、サッカーができなくなるぞ。いいな」

太田先生の目が、高上くんたちを見ていた。高上くんたちは、ビクリとして首をすくめた。

太田先生、もしかしてさっきの教室のようすを見ていたのかな。どこから見ていたんだろう。太田先生は、ときどき、忍者のようにひっそりと、クラスの

ようすを見ていたりするからびっくりする。

「それと、伊地知くん」

太田先生が、伊地知くんのほうをむいて、にやっと笑った。

「さっきは、かっこよかったぞ」

伊地知くんは、一瞬おどろいた顔をしたあと、はずかしそうに顔をそむけた。

それは、雪野原よりも、一面の銀世界よりも、非日常風景だった。

だって、むかしの伊地知くんは、自分勝手で、乱暴で、みんなをこまらせてばかりいたから。春の遠足のときも、班行動をみだして、ひとりだけ道に迷って、ころんで、ズボンがやぶれてパンツ一丁になったのは、さすがに気のどくだったけど。でも、あのころにくらべて、伊地知くんはものすごくかわった。

夏木さんもそうだけど、みんな、なにかが少しずつかわってきている。

毎日かわらないように見えて、かわってきている……。

ぼくは、いつもと同じ教室の空気をすいながら、遠くの空をながめた。

まどのむこうには、きのうとちがう冬の空がひろがっていた。

六時間目がおわって、ぼくはそうじ場所にむかった。

今週は、図工室のそうじ当番だった。

よごれていそうで、あまりよごれていない図工室のそうじは、わりとはやくおわった。

時間があまったので、班のメンバーたちは、だるまストーブのまわりに集まって、図工の小川先生となにやら楽しそうにおしゃべりしていた。女子たちのリーダー、飛田さんのキンキン声がきこえてくる。男子たちは、図工室のうしろでおにごっこをはじめていた。そんなみんなからはなれて、ぼくは、まどぎわの台にならべられた五年三組の「日常風景の一部分」の絵をながめていた。

ほとんどの人の絵が完成していた。

ぼくの絵は、まだスケッチブックにはさんだまま。

和也くんの、家族でこたつをかこんでいる絵は、やっぱりあたたかそうだった。飛田さんの絵は、ダンスをおどっているかっこいい絵だった。飛田さんって、とてもダンスがじょうずらしい。夏木さんの絵は、塾の勉強をしているところ。きりっとした夏木さんらしかった。伊地知くんの絵は、校庭でサッカーをしているところだった。青空がひろくて、きれいだった——。

みんな、楽しそうで明るい絵だった。

あらためてこうして見ると、ぼくの絵って、茶色ばかりで暗いな……。

とつぜん、大きな笑い声がきこえた。

ふりむくと、飛田さんがなにやら大はしゃぎしていた。まわりの女子たちも楽しそうに笑っている。さっきまでおにごっこをしていた男子たちは、いつのまにかプロレスごっこをしてじゃれあっている。

ぼくは、ああいうなかに、はいっていけない。

なんでぼくは、あんなふうにはしゃげないんだろう。

いつだったか、映子ちゃんにいわれたことがある。

「晶、あんたさ、落ちついてるのはいいことだけど、あんたの場合、もう少し子どもっぽくなってもいいと思うよ。笑いたかったら、もっと笑えばいいし、人生は楽しまなくちゃ、映画みたいに」

人生を楽しむなんて、どうすればいいんだろう。しかも映画みたいにって。

それに、ぼく、じゅうぶん子どもっぽいと思うけど。

「あれ？」

ふと、一枚の絵に目がすいよせられた。

それは、春山さんの絵だった。

絵のなかにかかれたまんがに『スマイル・リップ』という文字が見えた。

これって……。

きのう、こたつのなかから見た、あの楽しそうなアニメの絵だよね。

そうか、きのう思いだせなかったのは、この春山さんの絵だったのか。

『スマイル・リップ』っていうのか……。

ぼくからしたら、非日常風景なくらいカラフルで、明るすぎる絵だった。そんな絵のなかで、魔法使いの女の子がニコニコ笑っていた。

なんか、春山さんみたい。

春山さんは、遠足のとき、班長として三班のみんなをひっぱってくれた。夏休みの水泳教室にも、いっしょに行こうってさそってくれた。友だちもいっぱいいるし、いつもキラキラ明るく笑っている。

たぶん、春山さんは、人生を楽しんでる人なんだろうな。

ぼくとちがって……。

ぼくは、茶色っぽい自分の絵を思いだして、はあと、ため息をついた。

5 映画館とデパート

それから数日後。

ぼくは、映子ちゃんにさそわれて、クリスマスのイルミネーションにあふれる、丘町駅近くの映画館にむかっていた。映画のあとは、デパートの地下食料品売り場によって、クリスマスケーキを予約する。

「今年も、クリスマス&ハッピーバースデーってことで、豪華なケーキ食べようね。あんたのすきなやつ選んでいいよ」

「映子ちゃんも選んでよ」

「わたしはどれでもいいよ、ケーキはなんだってすきだからさ」

一週間後の十二月二十四日のクリスマスイブは、映子ちゃんの誕生日だった。

そして、つぎの日の十二月二十五日のクリスマスは、ぼくの誕生日だった。

だからぼくたちは、毎年クリスマスと、映子ちゃんと、ぼくの誕生日をいっしょに祝うことにしている。今日は、そのためのケーキ選びだった。

それなのに、映画館のあるショッピングモールについたとたん、また映子ちゃんの携帯電話に会社からよびだしがかかった。店内に流れる音楽にまざって、高らかに鳴る「ドレミの歌」。仕事でなにかトラブルが発生したらしい。

「またか」

映子ちゃんはイライラと電話を切った。

「なるべくはやくもどってくるけど、映画がはじまっちゃうわね……。よし、こうなったら晶、今日はひとりで映画を見ておいで」

「え……、だったら、ぼく、帰る」

「ダメ。せっかく優待券をもらったんだから、期限も今日までだし、見なきゃソンよ！　いい？　晶、一本の映画で人生がかわることだってあるんだから。楽しいと思うことはなんだってやるのよ。今日という日は、今日しかないんだから、楽しむのよ！」

　映子ちゃんは、ときどきお説教のように熱く人生を語る。そして、見たい映画を見るためならなんだってする。見られる映画を見ないなんて、映子ちゃんにとっては、まったくもって理解できないことだった。

　でも、たしかに優待券をつかわないのはもったいない。期限も今日までだし。

　ぼくはうなずいた。

「わかった、ひとりで見るよ」

　映子ちゃんが、やっとにこりとした。

「それじゃ、ケーキも選んで注文しといてよ。もう、ひとりでも行けるでしょ、映画館のとなりのデパ地下」

「え？」

映子ちゃんがショッピングモールのとなりにたつ、きらびやかなデパートの入り口を指さした。正直、あんなおとなの世界にひとりではいっていくなんて、とてもじゃないけどできない……。

「それじゃあ、トラブルがかたづいたら電話するから。万が一、わたしがもどってこられなくても、五時までには家に帰るのよ」

「う、うん」

映子ちゃんは、ぼくの手に優待券と、おこづかいと、プライベート用の携帯電話をにぎらせた。映子ちゃんは携帯電話を二台もっている。どちらにもキラキラ光るゴージャスなストラップがついていた。

「なにかあったらかけて。じゃあね」

嵐のようにさっていく映子ちゃんを見おくりながら、ぼくは、しばらくその場にぼんやりとつっ立ってしまった。

どうしよう……。

こんな駅前の繁華街のど真ん中で、ひとりぼっちになってしまった。よく考えたら、こんなことはじめてだった。学校や、公園や、家の近くでひとりぼっちになるのとは、わけがちがう。

とりあえず、バス停も、帰りのバスの路線もわかる。ダッフルコートのポケットには、映子ちゃんの携帯電話とおこづかいと優待券もはいっている。

とにかく、ぼくは映画館にむかって歩きだした。

もし「映画を見なかった」なんていったら、映子ちゃんに怒られる気がしたから、もう映画館に行くしかなかった。こんなことで怒られるなんて、ふつうじゃないと思うけど。もしかしたら、こういうときって、たぶん、ふつうの男子だったら、ラッキーくらいに思って、ゲームセンターとかに行くのかもしれない。だけど、ぼくは、そういうところに行くのになれていない。

むねがドキドキする。何度も映子ちゃんと行ってる場所なのに、映子ちゃんがいないだけで、こんなにも緊張するなんて思わなかった。

エレベーターにのって、映画館フロアのボタンをおす。

そういえば、子どもだけで映画館ってはいっていいのかな。どうしよう、やっぱり家にもどっておじいちゃんをよんでこようかな。でも、おじいちゃん、こんなにぎやかな場所すきじゃないし、足が弱いのに映画館に行こうなんて、いえない。それに今日は仕事がいそがしいっていってた。

こういうとき、だれか友だちがいたらいいのに。

気軽にあそぼうって、さそえる友だちが。

足が、映画館のやわらかい赤いじゅうたんをふんでいた。鼻さきにポップコーンのあまいにおいがただよってくる。映子ちゃんはあまったるくてきらいだっていうけれど、このにおいをかぐと、ぼくは映画館に来たってかんじがする。

映画館は、けっこうこんでいた。

チケット売り場の上の電光掲示板に、たくさんの映画の題名が映しだされては流れていく。

あれ？

視界のなかに、見おぼえのある人がいた。見まちがいじゃないよね……。

なんと、目の前のチケット売り場の列の最後尾に、伊地知くんがいた。

学校以外の場所でクラスメイトに会うなんて、すごくへんなかんじだった。

しかもそれが伊地知くんだなんてびっくりだ。

だけど、なぜか不思議なことに、さっきまで不安だったぼくの気持ちは、ふわりとゆるんでいた。

ぼくは、伊地知くんのうしろにならんだ。

ちらりとふりむいた伊地知くんが、おどろいた顔でぼくを見た。

ギョッと目を見ひらいて、口をパクパクさせて、すぐさまその場から走りさろうとした。そのとき、なにかが伊地知くんから落ちた。

それは、ひらひら舞いながら、ぼくの足もとに落ちてきた。

「見るな！」

伊地知くんがいうよりさきに、ぼくはそれをひろっていた。

「百円引き」と書かれた割引券だった。

ぼくは、伊地知くんに割引券をわたそうとして、思わず声をあげてしまった。

「え？」

割引券には、『スマイル・リップ　ひみつのサンタクロースと星の雪だるま』と書かれていた。

これってたしか、春山さんがすきなあの『スマイル・リップ』だよね。図工の絵にかいていた、あのまんがの……。

ほんとうに？　これ、ほんとうに伊地知くんが落としたの？　伊地知くんは、この映画を見るつもりなの？

ものすごくおどろいた。

だって、あきらかに女の子むけの映画だし、あまりにもこの映画は、伊地知くんににあわなかったから。

　あわてたようすの伊地知くんは、ぼくの手から割引券をぶんどって、こわい顔をした。

「くばられたから、たまたまもってただけだっ」

　だけど、伊地知くんのにらんだ顔は真っ赤で、はずかしそうで、いつもの迫力にかけた。それどころか、ぼくに見られてマズイって顔だった。春の遠足でパンツ一丁になったときみたいに。

　もしかしたら……、伊地知くんは、『スマイル・リップ』の映画をほんとうに見たいのかもしれない……。

　だまりこむぼくらのまわりに、映画館の入り口から出てきた人たちがあふれだす。つぎの映画の入場を知らせるアナウンスが流れてくる。

「十三時三十分上映の『スマイル・リップ　ひみつのサンタクロースと星の雪だるま』の入場を開始いたします。ご鑑賞のみなさまは入り口までおこしください」

伊地知くんがハッと顔をあげて、あわてて横をむいた。そして、映画館の出口にむかってパッとかけだそうとした。

もしかして、見たい映画を見ないで帰るつもり？　この映画、見たいんでしょ？

「まって」

ぼくは、思わず手をのばして、伊地知くんのうでをひっぱった。

「ぼくも、この映画、見るんだ」

口が勝手にしゃべっていた。自分でも信じられなかった。

伊地知くんがおどろいた顔でふりかえる。

「まじでか？」

ぼくは、この『スマイル・リップ』の映画を見てみたくなっていた。

たぶん、春山さんが図工の時間にかいていたあの絵が、明るくて、まぶしかったからかもしれない。

カラフルな絵のなかで、笑いながら『スマイル・リップ』を読んでいた春山さんの笑顔が、あまりにも楽しそうだったからかもしれない。

「ぼくも、『スマイル・リップ』見るんだ」

ぼくはもう一度いった。

伊地知くんが、あんぐりと口をあける。

「まじかよ？」

「まってて。優待券が二枚あるんだ」

ぼくはカウンターに走って、二枚の優待券を『スマイル・リップ　ひみつのサンタクロースと星の雪だるま』のチケットにかえた。ぼくの手ににぎられたチケットを、伊地知くんがまじまじと見つめる。

「……まじかよ、おまえ、『スマイル・リップ』すきなのか？」

伊地知くんが、うたがうような目つきでぼくを見た。

「よくは知らないけど、前から、おもしろそうだなって、思ってたから」

伊地知くんは、また「まじかよ」とつぶやいた。

「それに、映子ちゃんに、いつもいわれてるから」

「エイコチャン？」

「えっと、ぼくのおばさん」

「オバサンなのに、チャンづけかよ」

「えっと、そうよべっていわれてて……」

「で、なにをいわれてんだよ？」

「えっと……、一本の映画で、人生がかわることもある。楽しいと思うことは
なんだってやりなさいって……」

「人生がかわる？　なんだそれ」

まじまじとぼくを見つめる伊地知くんの手を、ぼくはひっぱった。

「あ、はじまるよ」

「お、おいっ」

ぼくと伊地知くんは、チケットを片手に、スクリーンのとびらをおした。チケットに書かれた座席を見つけてすわる。伊地知くんは、かなりいごこちが悪そうだったけど、そわそわしながらも席を立たなかった。

映画館が暗くなって、いくつかの映画の予告が流れていく。スクリーンがひろがって、楽しい音楽がひびいて、きらびやかな映像があらわれる。

ぼくたちは、映画『スマイル・リップ　ひみつのサンタクロースと星の雪だるま』を見た。

いままでちゃんと見たことがなかったけれど、『スマイル・リップ』の映画は、とてもおもしろかった。たまにこそばゆくなる場面もあったけど、友だちのために愛と勇気をもって戦う魔法の美少女戦士リップちゃんは、男のぼくから見てもかっこよくて感動的だった。おとものコウモリのミラーもかわいかったし、トーマっていう、リップちゃんのことをかげで助ける人間の男の子も、じつはすごいひみつをもった子でびっくりした。悪の組織のボス、シャドウ・

アイも、悪いやつなんだけど、どこかにくめなかった。

春山さんが、このまんがをすきなのがわかる気がした。となりの伊地知くんも、学校では見せないキラキラした目で満足そうな顔をしていた。

映画館を出ると、伊地知くんがぼそりといった。

「チケット、サンキュ」

「今日までしかつかえない券だったから、よかった」

「おまえ、映画館にはよく来るのか？」

「え？」

「なんか、通いなれてるってかんじ」

「えっと、通いなれてるわけじゃないけど、映画館には、映子ちゃんによくつれてきてもらってるから」

伊地知くんとこんなふうにしゃべっているのが、不思議だった。

日常風景とは正反対の、まさに非日常風景だ。

学校では、ほとんどしゃべらないのに、なんでだろう。

『スマイル・リップ』の映画がよかったからかな。この映画を見おわってから、心がすーっときれいになったような、世界がびゅーんと広くなったような、空にのぼっていきそうな、そんな気分だった。

「そうだ、伊地知くん、ぼく、このあと、デパートに行かないといけないんだ」

ぼくは、ケーキを注文しに、となりのデパ地下に行かないといけないことを思いだした。人ごみはいやだけど、ケーキを注文しないと、映子ちゃんが残念がる。というか、たぶん怒る。

「なにしにデパートに行くんだ？」

伊地知くんがきく。

「えっと、クリスマスケーキを買いに」

「ケーキ？　おまえが買うのか？」

「えっと、たのまれてて、予約だけだけど」

「……へえ」

ぼくと伊地知くんは、しゃべりながら映画館を出て、となりのデパートまで歩いた。デパートの大きなガラスとびらのむこうに、クリスマスツリーや、きらびやかな服を着たマネキンが見える。ごったがえすお客さんが、かばんや、ぼうしや、マフラーや、ネックレスのすきまを流されるように歩いていた。

「おまえ、まじでこのなかにはいるのか？」

「……うん」

まさに戦場といった人の多さに、ぼくは圧倒されていた。

「じゃあ、ぼく、行くね」

ぼくは、伊地知くんにさよならするると、かくごをきめて、お客さんでごったがえすデパートに足をむけた。

すると、伊地知くんがぼくよりさきにガラスとびらをおして、デパートのなかにはいっていった。

「伊地知くんも行くの？」

「腹へったから、デパ地下で試食品食べる」

伊地知くんは、エレベーターやエスカレーターなんてまってられるかよと、階段を二段とばしでかけおりた。デパ地下の食料品売り場は、一階の売り場よりもさらに、すさまじいこみようだった。

ぼくは人におされ、足をふまれ、前も見えなくなって、息も苦しくなって、一分とたたないうちに家に帰りたくなってしまった。

こんな混雑したなかでケーキ売り場までたどりついて、ケーキを選んで注文するなんて、ぼくにできるだろうか。いくら映子ちゃんにたのまれたこととはいえ、こんなのぜったい無理だ。

大きなおばさんの背中が顔面にぶつかって、ぼくはふっとばされてしまった。そんななか、伊地知くんはすいすいと人ごみをぬけていった。

さすが運動神経バツグンの伊地知くんだ。

さらに伊地知くんは、お店の人たちにいやな顔をされても、ぜんぜん平気な顔で、ハムや、チーズや、いろいろな試食品をばくばくと食べていた。

「おまえも食べれば？」

「ぼ、ぼくは、いいよ」

ぼくは、はずかしくて、試食品に手をのばすことができなかった。

「すごいね、伊地知くん。デパ地下に通いなれてるみたい」

「ここは、金がねえときの食糧調達の場だったからな。最近はあまり来てねえけど」

伊地知くんは、まるで中学生みたいにおとなっぽくいった。

そうこうしているうちに、やっとケーキ売り場にたどりついた。

ケーキ売り場には、たくさんのお店のケーキが、キラキラしたクリスマスのかざりとともにならんでいた。クリスマスツリーにリース、サンタクロースにトナカイ、赤や緑のリボンに、金色のベル。人、人、人のオンパレード。

もう、どこから見たらいいかわからない。

おしくらまんじゅうが、何十こも集まったみたいだ。

それでも、ガラスケースにならぶ、おいしそうなクリスマスケーキたちに、ぼくも伊地知くんも見とれてしまった。

見たこともないくらいきれいにかざられたデコレーションケーキに、チョコやクリームがたっぷりのったケーキ。カラフルでおしゃれなフルーツケーキに、サンタクロースやトナカイの砂糖菓子がのったケーキ……。

なんだか、春山さんの絵みたいにまぶしかった。

ふと、伊地知くんが、あるケーキ屋さんの前で足をとめた。

ずらりと真っ赤ないちごが一面にならんだホールケーキを、食いいるように見つめている。

「伊地知くん、いちごのケーキすきなの？」

「いや、べつに……」

ふいにぼくは、春の遠足のとき、和也くんが三班のみんなにくれた、デザートのいちごのことを思いだした。

あのときのいちご、とてもおいしかったな。

そう思ったら、目の前のいちごのケーキが食べたくなってしまった。

「この、いちごがたくさんのったケーキにしようかな……」

混雑するお店のガラスケースに、ぼくはおでこをひっつけた。すると、店員のおねえさんがすばやく近づいてきた。

「ご注文ですか？」

「あ、えっと……」

「ご注文されないのなら、ごえんりょください」

ガラスケースにも近よるなってかんじの、いやな言いかただった。

このいちごのケーキ、注文しようと思ったのに……。

　ぼくが、なにもいえずこまっていると、とつぜん伊地知くんが前に出てきて、ガラスケースにドンと手をおいた。そして、ぼくが注文しようと思っていた、いちごのケーキを指さした。

「この『あまおうデリシャス』ひとつ、予約よろしく、オ、バ、サ、ン」

　伊地知くんは、「オバサン」のところを強調していった。店員のおねえさんは、つり目をピクリとひきつらせた。

「では、こちらにお名前とご連絡さき、お受けとり日をお書きください」

　ぼくは、顔をひきつらせる店員さんにわたされた注文用紙に、映子ちゃんの名前と携帯番号と、十二月二十四日という日づけを書いた。ちらりと見ると、伊地知くんが意地悪そうに笑って、店員さんを見ていた。

　伊地知くん……、すごいけど、ダメだよ、そんなことしちゃ。

「チョコレートの板の文字はどうされますか？」

　店員さんが、にこりともせずきく。

ぼくはしばらく考えてから、店員さんにおねがいした。

「『メリークリスマス』と、それと……、えっと、もし、書けたら、『ハッピーバースデー』も書いてください」

伊地知くんがふりかえる。

「ハッピーバースデー？」

「あ、えっと、二十四日は映子ちゃんの誕生日なんだ。それに――」

「ろうそくは何本おいれしますか？」

話をしているさいちゅうに、店員さんがきいてきた。

お店がこんできて、かなりイライラしているみたいだった。うしろを見たら、ぼくたちのあとにものすごく長い行列ができていた。

「あの、ろうそくは、いいですっ」

ぼくはあわてていって、予約券をもらうと、いそいで出口を目ざした。

デパートのガラスとびらをおして外にとびだすと、やっとのことで、もわっとした暑苦しい空気から解放された。

「はあ」

思わず、大きなため息をついてしまった。

キンと冷えた真冬の空気がおいしい。

おじいちゃんといっしょで、ぼくもデパートは苦手だ。空気もこもってるし、人ごみにつかれてしまうし、店員さんになにかたずねたりするのも緊張する。

だけど、ケーキの注文ができてよかった。

きっと映子ちゃんもよろこんでくれる。

「ありがとう、伊地知くん」

伊地知くんが、は？　という顔をした。

「ぼくひとりじゃ、ケーキの注文なんて、できなかったよ」

伊地知くんはまた、はあ？　という顔をした。

「なにおおげさなこといってんだ」

ちょうどそのとき、携帯電話が鳴った。

こっちの携帯電話の着信メロディーは「エーデルワイス」。映子ちゃんからの電話だった。仕事のトラブルがかたづいたらしい。まだショッピングモールにいるなら、バス停まで来るようにいわれた。方向がいっしょなので、伊地知くんもバス停までいっしょに行くことになった。

まだ五時前なのに、冬の夕方の空は、もう真っ暗で夜みたいだった。

冷たい空気。そうぞうしい車や、バスのエンジン音。

電車が走る音。ふみきりがしまる音。

だれかの香水の香り。どこかの食べものやさんからただよう油のにおい。

デパートや、繁華街からあふれる光。赤や緑や黄色の電飾。

たくさんのクリスマスツリーのてっぺんにかがやく、たくさんの星。

おとな。子ども。恋人。家族。

暗い夜なのに、なんて明るいんだろう。なんて人が多いんだろう。

それなのに、なぜだろう。

とてもさみしい。

はやく家に帰りたい。

おじいちゃんのいるあたたかい家に、映子ちゃんといっしょに帰りたい。

そんなさみしい気分になっていたぼくとちがって、となりで、ポケットに手をつっこんで歩く伊地知くんは、なんだか年上の人みたいだった。

こんな夕方のそうぞうしい繁華街を、歩きなれているってかんじ。

伊地知くんがいっしょでよかった。こんな場所で、もしぼくひとりだったら、きっと心細くてたまらなかった。

「冬馬」

伊地知くんがとつぜんふりかえった。

「今日見た映画のことだけど……」

「うん」

「だれにもいうなよ」

「え……？」

どうやら伊地知くんは、『スマイル・リップ』の映画を見たことを、ひみつにしたいみたいだった。そうだよね、女の子むけの映画だもんね。

ぼくは「いわないよ」といって、うなずいた。

「ぜったいだぞ」

「うん。春の遠足でパンツ一丁になったことも、だれにもいってないから」

「おいっ！」

伊地知くんが大声でどなった。怒った顔がまた真っ赤だった。

「そのことも、だれにもいうなよ！」

ぼくはもう一度深くうなずいた。

「ぜったいいわないよ」

伊地知くんは、ぼくの顔をじっと見ると、はあ、と息をはいた。

「……それにしても、冬馬と映画を見るなんて、ありえねえ一日だったぜ」

ありえない一日。非日常。

たしかに、今日のぼくたちは、非日常風景だ。

「でも、おもしろくていい映画だったね」

「まあ、な」

そのとき、とつぜんぼくは、うしろからがばりと、だれかにだきしめられた。

「晶、おまたせ！」

だきついてきたのは、映子ちゃんだった。

ロングの黒いコートに、黒いズボン。うねうねとゆれる長い黒髪。

サングラスはしていないけれど、いきなりこんなことをしたら誘拐犯か、へんな人に思われちゃうよ。

「苦しいよ、映子ちゃん」

「またせてごめん、晶、さあ帰ろう！」

ぼくにだきついたまま、映子ちゃんは、となりでかたまっている伊地知くんに、ようやく気がついた。

「あら、お友だち？　こんばんは。あれ、あんた、どっかで会った？」

映子ちゃんとバッチリ目があった伊地知くんは、まるでバケモノでも見たかのようにさけんだ。

「うわあ!!」

伊地知くんのこんなさけび声、学校でもきいたことがない。

映子ちゃんが、まゆ毛をピクリとあげて、おでこにしわをよせる。

「人の顔見てさけぶなんて、失礼な子ね。あれ……？　あんた、もしかして、参観日の日に会ったいじめっ子？　わお、ひさしぶりね、元気してた？」

6 シチューといちごケーキ

伊地知くんはさけびつづけた。

「この人がエイコちゃん!?」

「この人が、冬馬のオバサン!?」

「この人が？　まじかよっ！」

映子ちゃんは、そんな伊地知くんをおもしろそうにながめていた。

「あんた、晶の友だちだったんだねー。名前は、なにクン？　もう弱いものいじめはやっていないでしょうね？」

伊地知くんは、ぶすっとした顔でいった。

「伊地知一秋。いじめはもう、やってねえよ」

びっくりすることに、映子ちゃんと伊地知くんは、おたがいのことを知っているみたいだった。

「ふたりとも、知り合いなの?」

映子ちゃんがフフンと笑う。

「ちょっとね、この前の参観日のときに、わたしたち会ってるのよね。ねー、伊地知クン」

伊地知くんはフンと目をそらした。ものすごくイヤそうな顔だった。

参観日の日に、いったい、このふたりのあいだに、なにがあったんだろう?

なんとなく、いい出会いではない気がするけど……。

「伊地知クンは、なにしにショッピングモールに来てたの? 買い物?」

「映子ちゃんっ、あのね、伊地知くんは、たまたま会ったんだけど、ケーキを買うのを手伝ってくれたんだ。店員さんに、注文までしてくれたんだよ」

ぼくはあわててこたえた。

映画のことにはふれないように。だって、伊地知くんが『スマイル・リップ』の映画を見たことは、だれにもいわないって約束だから。

ぼくは、ケーキ屋さんの予約券を映子ちゃんにわたした。

映子ちゃんは、あらっと目を見ひらいた。

「これって、『バムズママン』のケーキじゃないの。ここのケーキ、すっごくおいしいのよー。注文しないと、クリスマスになんかぜったい食べられないわ。しかも『あまおうデリシャス』とは、すごくおいしそう！　いいセンスしてるじゃないの。ふたりともよくやった。ほめてつかわす！」

映子ちゃんは、とてつもなくうれしそうな顔をした。

「じゃ、おれ、もう帰るから」

伊地知くんが、くるりと背中をむけた。すると、

「まってよ、伊地知クン」

映子ちゃんが、伊地知くんをひきとめた。

「晶につきあってくれてありがとう。この子、デパートとか苦手だから、助かったよ。お礼にさ、いまから家にあそびに来ない？　夕ごはんごちそうするよ」

「いや、いいです」

「いいじゃない、おいでよ」

「もう、おそいし」

「いいからいいから、親にはわたしから連絡するし、帰りもおくるからさ」

「いいです」

「今日の夕ごはん、おじいちゃんのめちゃくちゃおいしいシチューなんだけどな～」

「シチュー？」

伊地知くんが、一瞬目を見ひらいた。じっと考えこみ、「シチューか……」

と、もう一度つぶやく。

どうやら興味をひかれたらしい。

「きまりね！」

その一瞬のすきをのがさず、映子ちゃんは、ぼくたちの手をぐいっとひっぱってバスにおしこんだ。

ガタガタとゆれるバスのなかで、伊地知くんがぼくにささやいた。

「冬馬、ごちそうになるのはありがてえんだけど、おまえのオバサン、かなり強引すぎねえか？」

「ごめんね、映子ちゃんは、強引なんだ」

ぼくは声をひそめてあやまった。

だけど、ぼくはそれより気になることがあった。

「ねえ、伊地知くん、伊地知くんは、なんで映子ちゃんのことを知ってるの？」

伊地知くんは「うー」と、顔をゆがめながらも、ぼそぼそと話してくれた。

二学期の参観日の日。伊地知くんは、春山さんと夏木さんと学校の階段のところで、なにやら言いあらそいをしたらしい。すると、そこにたまたま通りかかった映子ちゃんが、いきなりビシリと伊地知くんを注意したんだって……。

それが、映子ちゃんと伊地知くんの出会いらしい。

「なにをいわれたのかわからないけど、ごめんね……。映子ちゃん、だれかれかまわずお説教するから」

「いや……、あのときは、おれが悪かったから」

伊地知くんが、ぼそりといった。

びっくりした。ケンカの理由はくわしくいわなかったけど、伊地知くんが、こんなにもすなおに自分のまちがいをみとめるなんて。

ぼくたちの小声の会話がきこえているのかいないのか、映子ちゃんはごきげんなようすで、『サウンド・オブ・ミュージック』の鼻歌をうたっていた。

バスからおりると、映子ちゃんを先頭に、ぼくと伊地知くんは、暗い夜道を歩いていった。

丘町の駅前の繁華街とちがって、丘町のはしっこにあるぼくの家のまわりは、とても静かで暗い。ちらほらと住宅はあるけれど、すすき野原や田んぼ、草や木のほうがはるかに多い。かざりものじゃない、本物のモミの木も道ぞいに生えている。ぼくは、ギザギザの影絵みたいなモミの木を見あげた。

モミの木の上には、繁華街の空には見えない、たくさんの星が見えた。

いちばんよく見えるのは、オリオン座だった。

リボンのかたちをした星の真ん中に、三つの星がならんでいる星座。

その三つ星をすーっとおりていくと、茶色い瓦屋根の家が見えてくる。

ぼくと、おじいちゃんの家だ。

家に帰るとき、オリオン座が見えると、ぼくはいつもほっとする。

どんなに暗い夜道でも、自分の家がちゃんとあるってわかるから。

冬のあいだだけだけど、ぼくの家は、大きなリボンの星の下にある。

「ただいまー、どうぞ伊地知クン」

とびらをあけて映子ちゃんが手まねきする。伊地知くんは小さく頭をさげて、玄関にはいってきた。

そういえば、ぼく、クラスの友だちを家によんだのって、はじめてかもしれない。丘町のはずれで遠いし、おじいちゃんの仕事のじゃまをしたら悪いから、いままでだれも家によんだことがなかった。

ううん、ほんとうは、家によべるほど仲よしの友だちがいなかったんだ。

はじめて来たのが、伊地知くんだなんて……。

暗いろうかを、映子ちゃんがドタドタと大またで歩いていく。そのうしろを、伊地知くんがえんりょがちについていく。居間にはいると、となりの台所に、おじいちゃんのすがたが見えた。

「おお、おかえり」

「あれ、おとうさん、まだつくってないの?」

映子ちゃんが台所をのぞきこむ。

「さっきまで仕事をやってたてな」

縁側のすみに、ニスがぬられたばかりのクリスマスのオーナメントがならんでいた。トナカイ、サンタクロース、妖精、小人、ソリ、小さな家、ラッパ、天使、くつした、プレゼント。修理中の木馬や、てっぺんに星だけのこしたクリスマスツリーもならんでいた。ピカピカ光るそれらのおもちゃを、伊地知くんがめずらしそうに見ていた。おじいちゃんが伊地知くんを見あげる。

「あ、この子、伊地知一秋クンっていうの。晶の友だち」

映子ちゃんが紹介すると、伊地知くんは、ちょっと緊張した面もちで、おじいちゃんに「こんばんは」とあいさつした。

「おとうさんのシチュー、いっしょに食べようと思って家によんだの」

ちゃぶ台のまわりにパッパとざぶとんをならべながら、映子ちゃんがいった。

おじいちゃんは「そうか」とだけいって、うなずいた。

台所のまな板の上には、まだ皮がむかれていないじゃがいもや、にんじんがころがっていた。映子ちゃんが紺色のエプロンをしてうでまくりする。つかいこまれたそのエプロンは、おばあちゃんがつかっていたものだ。

「とにかく、とっととつくろう。晶、手伝って」

「うん」

ぼくは、映子ちゃんにわたされたピーラーで、じゃがいもの皮むきをはじめた。伊地知くんがめずらしそうにピーラーをながめる。

「それ、なんだ？」

「ピーラーっていう、皮むき器だよ」

ぼくは水で洗いながら、さっさとじゃがいもの皮をむいた。

「そうだ、伊地知クン、家に連絡しないと」

「べつにいい」

伊地知くんはピーラーを見つめたままいった。

「なにいってんの、ダメでしょ！」

映子ちゃんの大きな声に、伊地知くんがビクッと顔をあげた。

「ちゃんと家に連絡しなきゃ。あんたのおかあさん、あんたの夕ごはんつくってまってるんでしょ。勝手に外で食べてきたら、おかあさんがっかりするよ。ほら、電話してあげるから番号いいな」

「べつにいいって」

伊地知くんが、めんどうくさそうに横をむく。

「あんたねえ、もしおとなになって、結婚してからもそんな勝手な態度をとってたら、奥さんにしかられるよ、ううん、すてられるよ！」

映子ちゃんが、いつものように映子ちゃん流の説教をしだす。

伊地知くんの顔が、ぐぐっとゆがむ。

「おれ、結婚しねーし！」

映子ちゃんの左のまゆ毛が、ギリギリとつりあがる。

「あんたの結婚なんかどうでもいいけどねえ、おそくなったら家族が心配するっていってるの！　心配かけないためにも連絡はしなきゃダメなの！　ほら、はやく、電話番号いいな」

そもそもここまで伊地知くんをひっぱってきたのは映子ちゃんなのに。

映子ちゃんは『不思議の国のアリス』に出てくる、おそろしいハートの女王よりも、さらにおそろしく伊地知くんにつめよった。ぼくはもう、伊地知くんが帰ってしまうんじゃないかと思った。だけど、伊地知くんは帰らなかった。

「わかった。自分で連絡する。電話かしてくれ」

「かしてくれ……ですって？　それが人にものをたのむ態度？　しかもおとなにむかって」

映子ちゃんは、右のまゆ毛もつりあげて、さらにギリリと角度をあげた。

映子ちゃん、おねがいだから、もうやめて。

だけど伊地知くんは、こんどはいいかえさずに、いいなおした。

「……電話、かしてください」

すごいよ、映子ちゃん。

あの伊地知くんに敬語を話させるなんて……。太田先生でもできないと思う。

伊地知くん、よっぽどおなかがすいているんだな。おじいちゃんのシチューが食べたいんだな。

伊地知くんは、映子ちゃんをこわごわ見ながら、ろうかの奥にある電話機で家に連絡をいれた。数分後「べつに、しなくてもよかったのに」と、ぶつぶついいながら台所にもどってきた。

そのあいだ、映子ちゃんは、ダン、ダン、ダンといきおいよくにんじんをぶった切っていた。なんとも迫力満点な切りかただった。にんじんがまな板の上でゴロゴロころがっていく。

「映子ちゃん、皮はむかないの？」

「いいのいいの、皮には栄養があるんだから、それよりはやく煮こもうよ」

「そんなにいそがなくても、最近の圧力鍋は、あっというまに煮えるぞ」

おじいちゃんが、小麦粉とバターをゆったりいためながらいう。

「もう、むいたのか？」

伊地知くんが、ぼくがむいたじゃがいもの皮の山をじっと見つめた。

「うん」

伊地知くんは、まるで魔法でも見るかのように、ぼくの手もとを見た。それから、シンクにならんだブロッコリーやカリフラワー、マッシュルームやえだまめ、ホウレン草にセロリ、皿や調理器具の数々、調味料やふきんまでめずらしそうにながめた。

「おまえってさ、料理ができるんだな……」

伊地知くんが、つぶやくようにいった。

「そんなにできないよ」

「おれから見りゃ、すげーできてるよ」

感心するようにぼくを見つめる伊地知くんの前に、映子ちゃんが、ドドンとレタスをおいた。

「ほら、伊地知クンも、手伝ってよ」

「え？」

レタスをわたされた伊地知くんは、どうしたらいいのかまるきりわからない顔で、レタスをぽかんと見つめた。

「映子ちゃん、伊地知くんはお客さんだよ」

「いいじゃない、伊地知クンだってはやく食べたいでしょ。なら手伝ってよ。まずはザルにいれて、水で洗って、ちぎってボールにいれて。キュウリも切ってよ。ルッコラの葉っぱもまぜて、ドレッシングかけて、サラダつくってよ」

映子ちゃんがポンポンポンと指示をだす。

「ルッ？　ザル？　ボール？　切る？」

伊地知くんはきょろきょろとあたりを見まわすと、小声でうったえてきた。

「……キュウリなんてどうやって切るんだよ？」

映子ちゃんが、ぎょろりと目をむく。

「伊地知クン、あんた、包丁をもったことないの？」

「料理なんかしたことねえよ、家庭科の授業以外」

伊地知くんは、ひらきなおって口をとがらせた。

想像はついたけれど、映子ちゃんはとたんにお説教をはじめた。

まずは「ねえよ」ということばづかいを注意してから、

「伊地知クン、あんた五年生でしょ？　そろそろサラダとか、目玉焼きとか、おみそしるくらいつくれるようになったほうがいいわよ。ごはんはたけるの？　もし家族がかぜや病気でたおれたりしたらこまるわよ。だいたい、いまの時代、料理もできない男なんて、女の子に相手にもされないわよ」

映子ちゃんは、玉ねぎをダダダダとみじんぎりしながら、いきおいよくいった。こんなにもグサグサと伊地知くんにものをいう人は、学校にはいない。いや、春山さんと夏木さんだったら、どうだろう……。

ふてくされた顔をする伊地知くんに、映子ちゃんはニッコリ笑った。

「まあ、今日からはじめればいいわよ！　料理、やってみなよ！　ぜんぜんおそくないわよ。むしろはやいぐらいだわ。それに、楽しいわよ！　よっしゃ、伊地知クン、うちのおじいちゃんの特製シチューのつくりかたをおぼえなさい。

それで、いつか家族にごちそうしてごらん、きっとおどろくよ！」

レタスをもったまま、目をパチパチする伊地知くんに、映子ちゃんは、きゅうりをホイッとわたした。

「かたちなんかどうでもいいからさ、とにかく切ってみな。おもしろいよ！伊地知クン」

それからは、映子ちゃんの豪快お料理教室のはじまりだった。

ぼくと伊地知くんは、映子ちゃんの指示にしたがって動いていった。

「レタスは、とりあえず、ちぎればいいから」

「ああ、水気はちゃんと切ってよね！」

「きゅうりも口にはいる大きさだったらいいから、皮もそのままでいいよ」

映子ちゃんの教えかたはシンプルで、テキパキしていた。

「包丁をもたないほうの手は、ねこの手！」

「ねこの手？」

首をかしげる伊地知くんに、ぼくは、左手をグーにして、「こうだよ」と教えた。伊地知くんの包丁をもつ手つきは、あぶなっかしくてハラハラした。それでもなんとかぼくたちは、手わけしてすべての野菜を切った。じゃがいもも、ブロッコリーも、カリフラワーもごつごつしたかんじだけど、口にはいる大きさにはなった。マッシュルームは「切りやすい」といって、伊地知くんはおもしろそうにさくさくと切っていた。セロリは「これもいれるのか？」と、イヤそうな顔をした。どうやら伊地知くんは、セロリがきらいみたいだ。

「とけちゃうからだいじょうぶだよ」と、ぼくはいった。

切った野菜と、とり肉を圧力なべにいれてガッチリふたをする。

「しあげは、おとうさんよろしく」

おじいちゃんにシチューをバトンタッチすると、映子ちゃんは、伊地知くんにごはんのたきかたと、お米と水の割合の説明をしだした。パンの焼きかたや、目玉焼きのつくりかたまで教えていた。おせっかいな映子ちゃんは、いきおいがつくととまらない。でも、伊地知くんは、あんがいイヤがらずにきいていた。

ぼくも、ホワイトソースをつくるおじいちゃんの横でメモをとった。ちゃんと、シチューのレシピをおぼえようと思ったんだ。

おじいちゃんは、じゅうぶん野菜が煮えたのを確認すると、牛乳とバターでいためた小麦粉に、ワインやチーズをいれた。シチューがとろんとしてきて、いいにおいがしてくる。ローリエの葉をぱっとのせて、さいごにもう一度バターをまぜると、たまらなくクリーミーな香りがただよってきた。

「おじいちゃんのシチューのできあがり！」

ちゃぶ台にならべた四つのシチュー皿から、ほわりほわりとゆげが立つ。ドレッシングがかかったサラダと、ごはんがピカピカ光っている。

茶色いちゃぶ台が、まぶしかった。

伊地知くんが、ぼんやりした顔でほわほわのゆげを見つめていた。

「どうしたの？　伊地知くん」

伊地知くんは、半分夢見心地、半分とまどった顔をしていた。

「いや……、これ、おれもつくったんだなと思うと、不思議だ……」

映子ちゃんがニッカリ笑って、伊地知くんの背中をバーンとたたいた。

伊地知くんが「いてっ！」とうめく。

「そうよ、伊地知クン、このシチュー、あんたもつくったのよ！　感動でしょ？　きっと、すごくおいしいわよ。さあ、食べましょう！」

ぼくと、伊地知くんと、映子ちゃんと、おじいちゃんは、ちゃぶ台をかこんですわった。こんなふうに四人でまるくすわるなんて、おばあちゃんがいたときみたいだ。

「いただきます！」

映子ちゃんの号令で、ぼくたちは夕ごはんを食べた。

おじいちゃんのシチューは、ものすごくおいしかった。とろとろにとけた野菜。ごろんとしたじゃがいも。やわらかいとり肉。バターとチーズがとけあった香ばしい味。

伊地知くんは、ひと口食べた瞬間「うめえ！」とさけんだ。そしてそのあとは、なにもいわずにがつがつと食べつづけた。ぼくたちは何杯もおかわりした。

そんなぼくたちを、おじいちゃんがにこにこ笑って見ていた。映子ちゃんは、いつのまにかワインを出してのんでいた。真っ赤な顔でガハガハ笑って、とりとめのないことを話しだす。おじいちゃんが、「またか」って顔をしている。

それから、おなかがいっぱいになりすぎて動けなくなってしまったぼくたちは、ごきげんな映子ちゃんのとまらない説教話をきくはめになってしまった。

よっぱらった映子ちゃんの説教話は、はてしなく長かった。

ほんとうに、はてしなく——。

「あんたたち、学校は楽しい？」からはじまって、「勉強はついていけてるの？」とか、「すきな子はいるの？」とか、こたえにくい質問や、ぼくの小さいころの、はずかしい失敗談までべらべらしゃべりだした。

「ねえねえ、伊地知クン、晶って、なに考えてるかわからないとこない？　あるでしょ。この子さあ、ものすごくひっこみじあんで、小さいときから、なかなか友だちがつくれないんだ。映画や本はよく読むんだけどね、でも、やっぱり子ども時代って、友だちとあそぶのがいちばんよね。友だちっていいわよね。わたしにも、小学校時代からの大親友がいるんだけどさ、子どものころにできた友だちって、ほんとーにいいんだよね！　なんの先入観もソントク勘定もなくてさ、しぜんに仲よくなった友だちだから最高なんだ！　もちろん、おとなになっても、心をひらいていれば友だちはできるけどね。友だちほど、かけがえのないものはないよ。だからさ、伊地知クン、晶の友だちになってよ。この子、あんまりしゃべらないからとっつきにくいと思うけど、たのみますっ！　この世のなか、なにがおこるかわかんないけど、ふたりとも楽しんで生きていくんだよ。若いあんたたちの前には、無限にひろがった大きな可能性があるんだから。晶もえんりょなくすきなことするんだよ。だいじょうぶ、安心しなさい！　あんたのことはたとえおじいちゃんが死んでも、わたしがめんどう見てあげるから。え？　まだ死なないって？　わかってるって、まだ八十二だもんね。え？　八十三だった？　べつに八十二も八十三もたいしてかわらないじゃないの。とにかく晶、わたしの給料、そんじょそこらの男にも負けないから。大学だって軽く行かせてあげる。あんたのことくらい軽く育ててあげる。わたし、ぜったい長生きするから！　わかってるってば、おとうさんも長生きするっていいたいんでしょ。サイコン？　しばらく結婚はいいわ。でも、いつかまたしたくなったらするわ。人生なんて、なるようになるものなんだから。子どもだって、かわいい晶がいるし、もうじゅうぶんよ。わたし、あんたのこと、すっごく愛してるんだから。とにかく！　晶も伊地知クンも、わたしもおじいちゃんも、せっかく生まれたんだから、世のなかのいろいろなことを楽しみましょう。晶、伊地知クン、力いっぱい生きなよ。力いっぱいあそびなよ。人間だれでも、生まれたからには幸せにならなくちゃ、一秒でも長く！」

映子ちゃんは、きいているぼくたちでさえ、息つぎをするひまがないくらいしゃべりまくった。いったい、どんな肺活量をしているんだろう。

いや、そんなことより、映子ちゃん、あまりへんなことをいわないで……。

でも、ぼくたちに映子ちゃんのおしゃべりをとめることはできなかった。

「――だってさあ、だってさあ、時間って、もとにもどらないんだよ。あんたたちが、いますごしている十一歳の時間だって、刻一刻とすぎていってるんだからね。いま、この瞬間も、一秒ずつなくなっていってるんだからね。子ども時代って、めちゃくちゃみじかいのに、二度とないんだから。大切にすごすんだよ。えっ？　ああ、そういえば、晶、まだ十一歳じゃなくて十歳だったね。あはは、ごめん、あんたの誕生日、クリスマスだもんね――」

伊地知くんが、おどろいた顔でふりむく。

「冬馬って、クリスマスが誕生日なのか？」

「あ、うん」

映子ちゃんが、バシッと伊地知くんの背中をたたく。

「いてっ！」

「そうなのよー、この子、十二月二十五日のクリスマス生まれなの。ちなみにわたしは二十四日のイブ生まれ。すごいでしょ、おばとおいっ子で一日ちがい。運命ってやつ？　毎年いっしょに誕生日&クリスマス会やってるから、今年は、伊地知クンもおいでよ！　クリスマスツリーもかざるし、また、おとうさんのシチューもつくるからさ。それに、『バムズママン』の『あまおうデリシャス』のケーキもあるよ。いっしょに食べよ！　ね？　伊地知クン！」

映子ちゃんは、シチューといちごケーキで伊地知くんをつろうとした。そんなもので伊地知くんがつられるはずないのに。だって、伊地知くんが今日ここにいるのは、たまたまなんだから。ぐうぜん映画館で出会って、そのあとなんの運命か、つぎつぎといろいろなことがおこってこうなった。

今日はなんていうか、そう、日常の反対、「非日常」なんだから。

またあそびに来てなんて、そんなこと、気軽にいえないよ。それに、よっぱらったいきおいとはいえ、お説教をしまくる映子ちゃんに、伊地知くんはかなりひいている。というか、びびっている。返事にこまることばっかりいって、ほんと、もう、ごめん……。

そして、とうとう、映子ちゃんはバタリとたおれた。

「映子ちゃん？」

見ると、映子ちゃんはグーグーと大きないびきをかいていた。

7 オリオン座（ざ）

「ねたか」

おじいちゃんが、映子（えいこ）ちゃんに毛布（もうふ）をかけて立ちあがった。

「そろそろ帰るか？」

伊地知（いちじ）くんがうなずいた。時計を見るともう八時前だった。

ぼくもダッフルコートをはおって立ちあがった。

「伊地知くん、ごめんね、こんなにおそくなっちゃって」

「べつにいいよ、電話もしたし」

「そこまで、送（おく）ろう」

おじいちゃんとぼくと伊地知くんは、玄関を出ると、真っ暗な夜の道を歩きだした。息をすったら、すんだ空気が体じゅうにはいってきて、気持ちがよかった。ぼくは、両手をダッフルコートのポケットにいれて、ぎゅっとにぎった。

伊地知くんの家は、丘町駅の方向にバス停を三つぶん行ったところにあるらしい。「いっしょにバスをまつよ」っていったけど、伊地知くんは「歩いて帰る」と首をふった。だけど、暗いしあぶないからと、ぼくとおじいちゃんもついていくことにした。おじいちゃんのゆっくりした歩調にあわせて、ぼくも、伊地知くんも、静かな夜の町を、散歩するようにのんびり歩いた。

　夜空を見あげると、オリオン座が見えた。

　リボンのかたちをした星がキラキラとまたたいている。オリオン座の真ん中にある三つ星みたいに、ぼくたちはならんでいた。

　しばらく歩いていると、伊地知くんが、ぼそっとつぶやいた。

「おまえのオバサン、エイコチャンだっけ、すっげー人だな」

伊地知くんは、感心しているのか、びびっているのか、なんともいえない顔をしていた。

「うん、ぼくもそう思う」

ぼくはうなずいた。伊地知くんが、また口をひらく。

「思いだしたんだけど、おまえのオバサン、運動会のとき、すげーはりきって玉いれしてたよな」

「よくおぼえてるね」

「黒いかっこうして、目立ってたからな」

「態度も大きいしね」

思わずいうと、伊地知くんが、ぶっとふきだした。

「たしかに、参観日の日、いきなり見ず知らずのおれにすげー説教してくるし、まじびびった。おまえのオバサン、まじですげーよ」

伊地知くんは、イヤそうにいいながら、でも、どこか、感心しているような口ぶりだった。

「映子ちゃん、伊地知くんに、いろいろイヤなことをいってたよね、ごめんね」

「べつに、いいよ」

伊地知くんは、ぐんと両手をのばしてのびをした。のばした手のさきが、頭上でまたたく星たちにさわる。ぼくもまねをして、手をのばした。

さわれないけど、指さきが星にかさなる。

ひとつめのバス停をこえた。

数台の車が通りすぎていく。一度だけバスも通りすぎていった。

ちらほらとこぼれる住宅街の明かり。街灯。

真っ黒い田んぼ。影絵のようなモミの木。

視界の半分をおおう夜空。星。風。

「今日は、楽しかったな」

とつぜんおじいちゃんがいった。

ぼくと伊地知くんは、どうじにおじいちゃんを見あげて、どうじにうなずいた。

うん。

かなり、非日常な一日だったけど、楽しかった。

ぼくのいままでの人生のなかで、たぶん、いちばん――。

「でも、映子ちゃんは、はしゃぎすぎだったよ」

ぼくはいまになって、映子ちゃんが話していたことをいろいろ思いだして、はずかしくなってしまった。よっていたとはいえ、お説教のように、ぼくの将来のこととか、すっごく愛してるとか、そんなことまでいっていた……。

「まあ、映子も、今日は、晶がはじめて友だちを家によんだから、うれしかったんだろうな……」

え？

映子ちゃん、ぼくが伊地知くんを家によんだことが、うれしかったの？

そうなの……？

なんだろう……、むねの奥がこそばゆくなる。

おじいちゃんが、伊地知くんのほうをむいた。

「また、家にあそびに来てくださいね」

おじいちゃんの白い息と声が、夜空にすいこまれていく。

「うちは、晶とわたし、たまに映子もいるけど、ふだんは二人ぐらしの家なんです。だから、今日みたいにあそびに来てくれたら、楽しくなります」

伊地知くんが、ぼくとおじいちゃんを交互に見つめる。

びっくりした。おじいちゃんがそんなことをいうなんて。ぼくたちの家のことを、そんなふうにいってしまっていいの？　それより家にあそびに来てもらっていいの？　伊地知くんも、ぼくの家のこと、へんだと思っていない？

おじいちゃんが、伊地知くんをやさしく見つめる。

「今日は来てくれて、ほんとうにありがとう。これからも、晶と仲よくしてやってください」

伊地知くんは、ハッとした顔をして、それからゆっくりとうなずいた。

そして、そのままうつむいてしまった。

「あのさ……、冬馬、おれんちも、二人ぐらしだから」

「え?」

伊地知くんは、うつむいたまま早口でいった。

「おれの家、この前、親が離婚したんだ」

「りこん?」

「ああ」

「え、えっと……、あの、だいじょうぶなの?」

「ケンカするよりぜんぜんいい。かあさんも、仕事見つけてがんばってるし」

びっくりした……。

不意打ちだったせいか、ぼくの心のなかで、なにかがカタリとはずれた。

「伊地知くん……、ぼくのおかあさんは、ぼくが赤ちゃんだったとき、家を出ていったんだ」

伊地知くんが、顔をあげる。

「おとうさんも、さいしょからいない」

いってしまった。いうつもりなんかなかったのに。

「でも、おじいちゃんと映子ちゃんがいるからいいんだ」

血はつながっていなくても。

伊地知くんの目がゆれる。ゆれた目で、ぼくを見つめる。

ぼくは、ふるえそうになる声をひきしめた。

「あ、そうだ、伊地知くん。ぼく、おじいちゃんのシチューのレシピ、メモしたんだ。あげるよ。これで家でもつくれるよ」

ぼくは、ダッフルコートのポケットから、レシピのメモをとりだしてひろげた。いっしょに『スマイル・リップ』の映画の半券もにぎっていた。

伊地知くんが苦笑いする。

「レシピがあってもつくれねえよ。あんなうまいシチュー」

「いつかつくれるよ」

伊地知くんは頭をかきながら、レシピのメモをポケットにおしこんだ。

「冬馬」

「なに？」

「来週のクリスマス、ていうか、おまえの誕生日、シチューといちごケーキ、食いにいっていいか？」

ぼくは、一瞬なにをいわれたかわからなかった。

数秒後、ぼくは、うなずいていた。

「うん」

「それとさ、こんどの放課後、サッカーしねぇか？」

「うん、うん、うん」

ぼくは三回うなずいていた。

「じゃあ、おれ、もう、行く。ごちそうさま」

ぶっきらぼうにいうと、伊地知くんはいきなり走りだした。

ものすごいいきおいで、明かりのともる丘町駅のほうに走っていく。そんな
伊地知くんのうしろすがたをながめながら、おじいちゃんが目を細めた。

「伊地知くんは、ずいぶん足がはやいんだなあ」

ぼくは、うれしくなって、得意げにいった。

「おじいちゃん、伊地知くんは、クラスでいちばん足がはやいんだよ」

それからぼくは、伊地知くんが走っていった方角から、ゆっくりと夜空をあ
おぎ見た。そこには、クリスマスツリーのてっぺんにある星よりも、はるかに
大きなオリオン座が光っていた。

8 ぼくの風景

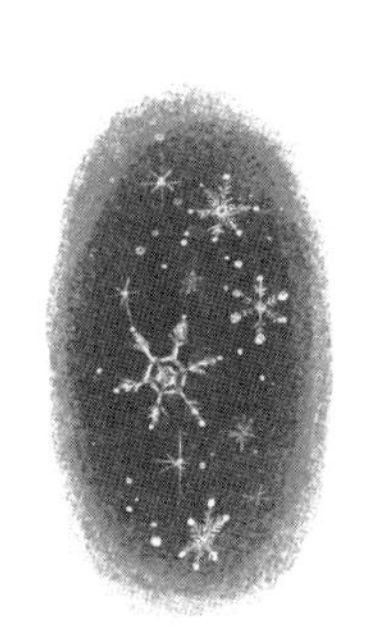

ぼくのまわりには、いろいろな風景がある。
家の風景、通学路の風景、学校の風景、映画館の風景。
おじいちゃんといる風景、映子ちゃんといる風景、友だちといる風景。
日常の風景。
非日常の風景。
まどの外に、花びらのようにちらちらと雪が舞っていた。
もしもつもったら、雪野原になるかもしれない。
ううん、もしかしたら、一面の銀世界になるかもしれない。

ぼくはいま、教室の前のろうかのまどから、外をながめていた。

いろいろなことを考えながら。

読みおわった本のことや、『スマイル・リップ』の映画のこと。

伊地知くんとした、放課後のサッカーの約束のこと。

ぼくの十一歳の誕生日&クリスマス会のこと。

おじいちゃんのシチューと、いちごのケーキ「あまおうデリシャス」のこと。

これからはじまる、冬休みのこと。

映子ちゃんがうたう『サウンド・オブ・ミュージック』のハミングが、頭のなかに流れてくる――。

「あれ？　晶くんの絵、だれかふえていますね」

声がしてふりむくと、四季和也くんがいた。和也くんは、教室の前のろうかのかべにはりだされた、図工の課題「日常風景の一部分」の絵をながめていた。

「あ、あ、わかりました。おかあさんですね。おかあさんがふえていますね」

和也くんは、まるっこい指で、ぼくの絵にあらたにかかれた、黒いスーツを着た女の人を指さした。居間のちゃぶ台をかこんで夕ごはんを食べているぼくと、おじいちゃんと、スーツすがたの映子ちゃんの絵だった。

時間はかかったけど、この前の図工の時間、やっと完成した。

あいかわらず茶色っぽくて、それどころか黒色がふえた暗い絵だった。明るい色といったら、せんべいをぬりつぶしてぬったシチューの白くらいだ。

「和也くん、この人は、おかあさんじゃなくて、映子ちゃんっていうおばさんなんだよ」

「あ、そうなんですか、えっと……、買い物に行ってたんですね？」

「買い物もしてると思うけど、たぶん、映画を見てたんじゃないかな」

「そうなんですか。帰ってきて、よかったですね」

「うん」

ぼくは、うなずいた。

「そうだ、和也くん、和也くんも放課後いっしょにサッカーしない？　伊地知くんたちとやるんだけど」

「え、あ、あの……、ぼくも、いいんですか？」

和也くんが、少しとまどった顔をする。ぼくは、思いっきりうなずいた。

「いいよっ」

校庭に舞いあがった雪が、雲間からのぞいた太陽の光をうけて、銀色に光る。

和也くんとぼくは、どうじににっこり笑いあった。


ぼくの「日常風景の一部分」のまわりには、たくさんの、いろいろな風景がつづいている。

おじいちゃんや映子ちゃんといる風景のまわりに、伊地知くんと映画を見たり、サッカーをしたりする風景が。和也くんとこんなふうに笑いあう風景が。クラスのみんなと、いっしょに楽しくすごす風景が、きっとある。

かききれないくらい、たくさん……。
ぼくの、ううん、ぼくたちの風景(ふうけい)はつづいている。
つづいて、ひろがっていくんだ。
きっと、これから。
もっと、もっと――。

冬馬のスマイル・リップ劇場
★おまけマンガ★
～クリスマス＆誕生日会～
おっ伊地知クン来たわね！
いらっしゃい！
おじいちゃんのシチューあるよ
チキンもあるわよ！
あまおうケーキたべにきた
お…おじゃまします
おお…！
晶！11歳の誕生日おめでとー！アーンドメリークリスマース!!
映子ちゃんもおめでとう
これプレゼント！すてきな本だよ伊地知クンも読んでみなよ！
お…おう
ちょっとスマイル・リップのトーマににてるな…
星の王子さま
あ…ありがとうございます…
ありがとう！ぼくも映子ちゃんにプレゼント！
つかれた目に
目薬
わっ！助かる～!!サンキュ！
目薬ってえらく実用的だな
だって映子ちゃん、映画の見すぎで目がよく充血してるから
昨年はシップをあげたよ肩こりひどかったから
やっぱ冬馬ってエライな…
おれ親にプレゼントあげたことねー…
わたしはこれをあげよう
くるみ割り人形だよ
伊地知くんもどうぞ
この本読んだら貸そうか？
なんか…冬馬ってトーマに似てるかも…
スゲーいいやつ…
おう
5巻へつづく！
つぎは和也くんの話だよ

著者略歴

作◎井上林子 いのうえ りんこ

兵庫県生まれ。梅花女子大学児童文学科卒業後、会社勤務をへて、日本児童教育専門学校の夜間コースで学ぶ。絵本作品に『あたしいいこなの』(岩崎書店)、児童文学作品に、第40回児童文芸新人賞受賞作の『宇宙のはてから宝物』(こみねゆら絵、文研出版)、『3人のパパとぼくたちの夏』(宮尾和孝絵、講談社)、『ラブ・ウール100%』(のだよしこ絵、フレーベル館)、『2分の1成人式』(新井陽次郎絵、講談社)、『マルゲリータのまるちゃん』(かわかみたかこ絵、講談社)、『なないろランドのたからもの』(山西ゲンイチ絵、講談社)などがある。

絵◎イシヤマアズサ

大阪府生まれ。書籍の装画や日常のエッセイコミック、おいしい食べ物のイラストを制作。著書に『真夜中ごはん』『つまみぐい弁当』(いずれも宙出版)、『なつかしごはん 大阪ワンダーランド商店街』(KADOKAWA)、装画に『ゆきうさぎのお品書き 8月花火と氷いちご』(小湊悠貴著、集英社)など多数。

装丁・本文フォーマット◎藤田知子

11歳(さい)のバースデー
ぼくらのスマイル・リップ 12月25日冬馬 晶

2016年12月23日 初版第1刷発行
2022年 3 月12日 初版第4刷発行

作◎井上林子

絵◎イシヤマアズサ

発行人◎志村直人

発行所◎株式会社くもん出版

〒108-8617 東京都港区高輪4-10-18 京急第1ビル13F
電話 03-6836-0301(代表)
03-6836-0317(編集直通)
03-6836-0305(営業直通)
ホームページアドレス https://www.kumonshuppan.com/

印刷◎株式会社精興社

NDC913・くもん出版・136P・20cm・2016年・ISBN978-4-7743-2542-2

CD 34579